Opuscules lyriques.

Paris, 1821.

OPUSCULES LYRIQUES,

PAR

J. BOUCHER DE PERTHES.

A PARIS,

CHEZ PILLET AINÉ, IMPRIMEUR-LIBRAIRE,

RUE CHRISTINE, N° 5.

1821.

DE L'IMPRIMERIE DE PILLET AINÉ.

OPUSCULES
LYRIQUES.

L'INVASION.

QUEL prestige a troublé mes sens ?
J'ai vu le pays de mes pères
En proie aux races étrangères,
J'entendis leurs cris menaçans :
Où vont ces hordes sanguinaires ?
Quels sont ces nouveaux conquérans ?
Je vis parmi les combattans
Ce colosse, fils du rivage,
Dominateur des Océans.
Sa main animait le carnage,
Et son pied foulait les mourans.
Il parla ; ses tristes accens
Ressemblaient à la voix des vents,
 Précurseurs de l'orage.
« Charlemagne, où sont tes enfans ? »
S'écriait-il dans sa folle colère.
 « Où sont ces soldats triomphans ?
» Ils bravaient les feux du tonnerre,
» Ils voulaient conquérir la terre ;

» Et je moissonne dans leurs champs.
» Voilà cette cité si fière !
» Voilà ses pompeux monumens !
» Il tombera dans la poussière,
» Il tombera cet orgueilleux Paris :
» Bientôt demeure funéraire
» On entendra le hibou solitaire
» Chanter la mort sur ses débris.
» On verra la mousse et le lierre
» Tapisser les murs des palais :
» Il fut une race guerrière,
» Dira-t-on, il fut des Français. »
Vains projets ! inutile rage !
La France ne périra pas.
Est-ce la haine, est-ce l'outrage
Qui pourront enchaîner mon bras ?
Triomphateur tremblant, pourquoi fe indre l'audace
Ne vois-tu pas que ta menace
Fait naître en foule des soldats ?
Tu veux que la mousse et le lierre
Couvrent les murs de nos palais,
Qu'en nous voyant dans la poussière
Courbés sous ta main meurtrière
L'avenir étonné dise : Il fut des Français.
Il en fut ! il en est encore !
Superbe malgré ses revers,
En est-il un qui ne s'honore
D'un nom qui remplit l'univers ?
En est-il un, et je t'en rends arbitre,

Un seul, quels que soient ses malheurs,
Qui voulût échanger ce titre
Contre tous ceux de ses vainqueurs?
O fils des mers, qu'as-tu fait pour l'histoire?
Quels sont tes exploits, tes hauts faits?
Tu m'abusas, voilà ta gloire ;
Mes malheurs, voilà tes succès.
Les élémens remportent la victoire,
Et tu prétends m'avoir vaincu !
Ah ! j'en appelle à ta mémoire,
Parle, as-tu combattu ?
Je suis, dis-tu, soumis à ta puissance ;
Tout mon sang tu l'as fait couler ;
C'est à toi qu'appartient la France,
Tu règnes, je te vois trembler.
Sous le fer de ton dard si ma haine te brave,
Si tu lis dans le cœur du brave
Qu'il est Français, qu'il sait mourir,
Etranger ! qu'attends-tu pour fuir ?
Espères-tu, conquérant téméraire,
De mes aïeux qu'oubliant la vertu
Je fléchirai sous ta bannière ?
Je fléchirai ! L'espères-tu ?
Entends-tu les os de mon père
S'agiter au fond du cercueil ?
Tu les entends, et dans son fol orgueil
Un de tes fils est assis sur la pierre.
Riche de souvenirs et d'antiques lauriers,
Puissante encore est la patrie,

Des rangs épars de nos guerriers
L'espérance n'est pas bannie.
Nos cœurs seront-ils abattus
Par tes menaces mensongères ?
Si tu resserras nos frontières,
Si tu nous ravis quelques terres,
Nous avons des Français de plus.
Je t'ai vaincu quand de meurtres avide
La discorde armait nos soldats ;
Je t'ai vaincu quand sans armes, sans guide,
Au champ d'honneur je bravais le trépas ;
Je t'ai vaincu quand d'un sceptre homicide
Le despotisme engourdissait mon bras ;
Et maintenant s'il faut combattre,
Guidé par un fils d'Henri Quatre,
Crois-tu que je ne vaincrai pas ?

RAVAILLAC.

QUEL baume bienfaisant coule dans mes blessures !
J'ai cru goûter un moment de repos :
Il semble que l'enfer suspende ses tortures ,
Je ne sens plus mes maux.
Mon cœur a tressailli , mon poignard fume encore
Comme au jour où ma main ,
O Béarnais , l'arracha de ton sein.
Mais qu'entends-je ? mon nom sous la voûte sonore
A retenti.... D'où vient que ce mortel m'implore ?
Quoi ! devant l'ombre de Henri
Il fuit.... arrête ! il frémit ; il balance ;
Il médite un forfait ; le fer brille.... Silence !
Ecoutez.... écoutez ! entendez-vous ce cri ?
Un grand de la terre succombe.
Quel est cet élu de la tombe ,
Son nom , sa race , son pays ?
Est-ce un fils de Louis ?
Il est frappé , la mort saisit sa proie.
Amis , un seul instant , modérez votre joie.
Taisez-vous tous... ; il semble qu'un soupir
A pénétré jusqu'au fond de l'abîme.
Taisez-vous tous , et laissez-moi jouir

Du dernier cri de la victime,
De l'ennemi qui va mourir.
Ecoutez bien.... il souffre.... l'heure sonne....
Ecoutez bien.... il sourit.... il pardonne.
Il pardonne! c'est un Bourbon.
O fureur! vengeance!
Ah! dans le sein du moribond
Verse l'angoisse et la souffrance,
O douleur! prends ton aiguillon,
Darde ton poison,
Frappe, déchire, étonne sa clémence;
Anéantis par ta puissance
Jusques à ses vertus.
Qu'en exhalant sa triste vie
Enivré de haine il s'écrie :
Je ne pardonne plus;
Anathême sur ma patrie.
Mais voici l'instant, écoutons....
Six heures.... C'en est fait, il tombe.
De saint Louis ouvrez la tombe,
Berri n'est plus, Berri n'est plus, chantons.
Chantons, tressaillons d'alégresse,
Le sang ruisselle à gros bouillons.
C'est le sang de Henri, c'est le sang des Bourbons!
L'abîme a rempli sa promesse,
Je vois dans tous les cœurs l'horreur et la tristesse.
Berri n'est plus! Berri n'est plus! chantons.
Viens Louvel, viens mon fils, approche, que j'imprime
Mes lèvres sur ta main, sur ton glorieux fer.

Viens m'apporter un tribut légitime,
    Viens partager un sang si cher.
Tu vis, tu peux encor frapper une victime,
    Mais moi!!! L'espoir est banni de l'enfer!
    Accourez tous, homicides, parjures,
        Tribuns au souffle destructeur,
Fléaux des tems passés et des races futures,
    Accourez tous au devant du vainqueur.
        Venez nobles auxiliaires,
Clément, Damien, Châtel, d'une sanglante main
    Parez son front, et vous aussi mes frères,
Vous les juges d'un roi, saluez l'assassin.
Gloire au fils de la haine, à son bras intrépide,
        Il est digne de moi.
Honneur au meurtrier, salut au parricide,
        A l'assassin d'un roi.
    Ami, c'est à toi que la France
    Va devoir un siècle de maux:
    Enivre-toi de ses sanglots,
De la postérité tu ravis l'espérance.
    Que l'abîme ouvre ses trésors!
    Que la discorde, que la guerre
    Reparaissent, couvrent la terre
        Des ossemens des morts.
Du geste et de la voix animez le carnage,
Des maux de ma patrie habiles artisans;
    Qu'à vos cris de haine et de rage
    On reconnaisse mes enfans.
Avec la royauté ne faites point de trève;

Pour la frapper n'invoquez plus les lois ;
Le droit du peuple c'est le glaive,
C'est à ce tribunal que l'on cite les rois.
Malheur à ce qui fut révéré de nos pères !
Brisez les sceptres, les autels ;
Que vos brandons incendiaires
Eclairent les mortels.
Malheur au juste, à l'innocence !
Chantez le crime, invoquez sa puissance ;
Que tardez-vous ? redoutez-vous le ciel ?
Dieu n'est qu'un mot qu'inventa l'espérance,
L'enfer seul est réel.

L'EXILÉ.

Seigneur, j'invoquerai le jour de ta clémence;
    Et la voix du pécheur,
S'élevant jusqu'à toi forte de l'espérance,
    Chantera ta grandeur.

Tu comblas mon printems de gloire et de richesses,
    Ta main me bénissait;
Et triste de ma joie en voyant tes largesses,
    L'envieux pâlissait.

Tu m'as repris les dons de ta magnificence.
    De tes présens, Seigneur,
Il ne me reste plus que ma reconnaissance,
    Mon amour et mon cœur.

Dieu juste, j'ai péché, car le bras de mon frère
    S'est armé contre moi;
Il a frappé mon front du glaive sanguinaire
    En blasphémant ta loi.

J'ai, loin de mon pays, à la rive étrangère
    Demandé le repos :
L'étrangère fut sourde , et je n'ai sur la terre
    Recueilli que des maux.

Exilé, je touchais au terme de la vie
    Et l'espoir semblait fuir :
France , sans te revoir , ô France, ma patrie !
    Je craignis de mourir.

Tes fils à mon amour opposèrent leurs armes.
    Vainement je disais ,
En leur ouvrant mon sein , en leur montrant mes larmes :
    Amis , je suis Français !

Ils ne m'entendaient pas , et ma voix suppliante
    Se perdait dans les airs.
Ils chantaient à grands cris la liberté naissante
    En me chargeant de fers.

L'aspect de ma tristesse animait leur colère.
    Pour adoucir leurs cœurs
J'étouffais les sanglots de ma douleur amère
    Et taisais mes malheurs.

Mais devant toi, mon Dieu, leur colère fut vaine ,
    La haine pardonna ;
Et lorsque je tombai sous le poids de ma chaîne,
    Le glaive m'épargna.

J'étais nu sur la terre, un reste d'existence
        Vint entr'ouvrir mes yeux ;
Le jour brillait encor, je reconnus la France,
        Et je me crus heureux.

Je n'avais pour tout bien que l'air et la lumière,
        Mon cœur était serein ;
Du champ de mes aïeux je foulais la poussière
        Et j'oubliais ma faim.

Je marchai, je revis la maison de mon père.
        Après un si long deuil,
Joyeux, je m'approchais.... une main étrangère
        Me repoussa du seuil.

Je demandai sa tombe à la croix solitaire
        Dans le champ du repos :
L'impie avait brisé le marbre funéraire
        Et dispersé ses os.

Le sommeil me surprit, et soudain la tempête
        Fit entendre sa voix.
Un spectre m'apparut, et sa main sur ma tête
        Versa le sang des rois.

Tremblant je m'éveillai, la torche incendiaire
        Seule éclairait le port ;
Mon front décoloré se courba vers la terre,
        Et j'implorai la mort.

Tu ne m'exauças pas, Dieu de miséricorde,
Tu calmas mes douleurs ;
Je vis le don charmant que ta bonté m'accorde,
Et j'essuyai mes pleurs.

O PAUVRE ENFANT, TU SERAS ROI!

Dors, cher enfant, repose encore,
Tes jours sont encore inconnus ;
Sommeille, ami, jusqu'à l'aurore,
Bientôt tu ne dormiras plus.
Tu naquis pour la paix du monde,
Et cette paix n'est pas pour toi.
Que de mes larmes je t'inonde,
O pauvre enfant, tu seras Roi!

Déjà je vois à la lumière,
Cher petit, tes yeux s'entr'ouvrir:
Referme un moment ta paupière,
Le jour est si long pour souffrir!
Avant que la nuit de la tombe
Etende son voile sur toi,
Plus de repos, douce colombe,
O pauvre enfant, tu seras Roi!

Au nouveau-né de la chaumière,
En soupirant du tends les bras ;
Il est Français, il est ton frère,
Tu le plains : oh! ne le plains pas.

Il est nu, mais dans sa misère,
Ah! qu'il est plus heureux que toi!
Il a des amis sur la terre,
Et, pauvre enfant, tu seras Roi!

Contre le glaive sanguinaire,
L'innocence est-elle un abri?
Fils infortuné, vois ton père,
Vois les vertus du grand Henri.
C'est en vain qu'une douce étude
Appelle tous les cœurs vers toi;
Tu connaîtras l'ingratitude,
O pauvre enfant, tu seras Roi!

Dans ton alégresse enfantine,
Soulevant le royal bandeau,
Sous la pourpre ta main badine,
Sans en connaître le fardeau.
Ton jeune cœur exempt d'alarmes
Bat de plaisir, et près de toi
Ta mère en t'arrosant de larmes
Dit : pauvre enfant, tu seras Roi!

www.ingramcontent.com/pod-product-compliance
Lightning Source LLC
LaVergne TN
LVHW050423060726
842526LV00007B/2410